Avant-Propos

Lorsque mon professeur de 4e d'histoire-géographie nous propose en début d'année de faire un atelier d'écriture, je vois tout de suite ça comme une aubaine. Mais qui aurait cru que mon histoire plaise ou qu'elle soit même publiée ? Pourtant aujourd'hui vous lisez ces lignes et j'espère que la suite vous plaira, alors bonne lecture !

Chapitre 1

Les paysages défilaient sous mes yeux. Ça allait des falaises vertigineuses aux pins avec des fougères pleins leurs pieds. Pour ne plus entendre mon frère crier, car c'est bien le terme, j'avais mis ma musique à fond. Je commençais à avoir mal au cœur à force de lire pendant que la voiture s'engageait sur des virages. Bientôt on serait chez mes grands-parents. Depuis que j'avais déménagé, beaucoup de choses avaient changé. Je ne voyais plus que cinq fois par an ma meilleure amie d'enfance, Valentina. Depuis, avec tout ce que j'ai traversé, j'ai appris à me connaître, à comprendre qui j'étais et pourquoi. Quand on dit à quelqu'un de nous poser une question pour apprendre à nous connaître, la première question qui revient le plus est : « Quelle est ta couleur préférée ? » Mais je vous assure que ce n'est pas la couleur préférée de votre ami qui va vous aider à savoir qui il est vraiment.

J'aime qui je suis et je voudrais changer pour rien au monde. Je n'ai pas peur de le dire. Dans une semaine je fais ma rentrée dans un nouveau lycée. Le problème c'est que les rentrées ce n'est pas vraiment mon truc :

- 6e : J'ai vomi sur une camarade tellement j'étais stressée.

– 5e: J'étais tellement stressée (pour changer) que je ne pouvais plus bouger.

- 4e : J'ai fait semblant d'être malade.

-3e : Redoutant quelque chose de terrible vu le chef-d'œuvre catastrophique des années, je suis tombée dans les pommes.

Donc, je crains le pire (je ne sais pas si ça existe) pour ma rentrée en seconde.

Chapitre 2

-Liiiiiiiiine !!!!!!!

Il ne manquait plus qu'elle ! Mon insupportable petite cousine ! C'est clair : si je suis là c'est pour l'anniversaire de Morgan, ma marraine, et pas pour faire du baby-sitting avec cette gosse !!! Bon, allez, j'en ai que pour deux jours ! Le strict minimum et basta.

-Bonjour Maud.

Et c'est parti ! Ma grand-mère vient de se lancer dans une discussion avec moi. J'en ai pour une heure avec les histoires de mamie alors que je suis en train de décharger les valises avec mon père !

Ça commence bien !

Je n'aime pas cette chambre. C'est l'ancienne chambre de mon oncle et à chaque fois que je vais chez mes grands-parents je dors là. Je n'ai même pas de bons souvenirs dans cette pièce.

En parlant de souvenirs, je voulais voir quelques photos de famille dans le grenier. Je prends avec moi Timi, mon chat et je monte à l'échelle qui mène au grenier. Il y a des vieux meubles plein de poussière, des livres entreposés un peu partout. Au fond, une malle en bois trônait, tel un cercueil de secrets. Juste à côté, il y avait une clé. Je la pris et ouvris la malle. Je fus aspirée à l'intérieur avec Timi.

Chapitre 3

Je me réveillais dans un très grand lit, très beau, avec des draps brodés.

C'était le matin, un rayon de soleil traversait une grande fenêtre majestueuse. A mes pieds, Timi dormait, enroulé comme une petite boule de poils. Je le pris dans mes bras et j'allais admirer la vue. On aurait dit le jardin de Versailles. Pas que je m'y connaisse en histoire du 17e siècle, mais ce jardin là je l'aime bien.

-Avez-vous bien dormi altesse ?

Je me retournais si brusquement que Timi se dégagea de mes bras. Un homme déguisé en valet de l'époque de Louis XIV venait de m'appeler « altesse» ? Mais qu'est-ce que je fais là ?

-Je vous demande pardon ?

-Je vous demande, chère princesse, si votre sommeil fut bon. Si tel n'est point le cas, je peux revenir plus tard si vous le désirez.

-Non c'est bon ça va aller, merci monsieur.

Le valet sembla surpris de ma façon de lui parler. Mais il finit par me demander :

-Quel est cet objet altesse ?

Il me désignait mon portable, posé avec mes écouteurs sur la table de nuit.

-Bah c'est mon portable !

-Et à quoi ça sert ?

-Mais voyons, à discuter avec vos proches, les appeler, leur envoyer des SMS !

-Des SMS ? Qu'est-ce donc ?

Quel drôle de personnage celui-là ! Il ne sait pas ce que c'est qu'un portable !

-Passons si vous le voulez bien.

Je décidais alors de parler comme lui, peut-être que comme ça, la mémoire lui reviendrait.

-Venez, votre femme de chambre va vous faire la toilette pour votre déjeuner.

-Euh, bon... d'accord, j'arrive.

Ma toilette ?! Une femme de chambre ? Où est-ce que je suis ?

Chapitre 4

-**M**ais qui voilà ? C'est ma chère fille ! Avez-vous bien dormi petite fleur ?

Non mais pour qui il se prend lui ?! Il dit que je suis sa fille et en plus il m'appelle « petite fleur » ?

-Oui, fort bien merci.

Et voilà que déjà six autres filles arrivent. L'homme habillé en Louis XIV prend la parole :

-Et bien jeunes demoiselles dites bonjour à votre sœur aînée !

J'ai failli m'étrangler avec mon jus d'orange ! Moi je serais la sœur aînée de ses énergumènes ? C'est une blague ?!

-Bonjour Line, disent-elles en cœur.

Je ne me sens vraiment pas bien ! Je ne sais absolument pas où je suis tombée ! En plus de cela, je ne sais pas où est ma vraie famille ! Où sont mes grands-parents, mes parents, mon frère ? Même ma petite cousine que j'aurai envie de voir en ce moment ! Non, il ne faut pas exagérer quand même ! Il y en a qu'un sur lequel je puisse compter parmi tous ces fous déguisés en personnages de l'époque de Louis XIV, c'est Timi, mon chat, parce que lui par contre il m'a suivi dans le grenier et maintenant, on est tous les deux enfermés dans ce palais de Versailles avec ces fanatiques déguisés en personnages du XVII siècle!

<u>Chapitre 5</u>

J'ai décidé de laisser passer une semaine, le temps de comprendre ce que je faisais là, je pense savoir une chose : j'ai voyagé dans le temps ! J'ai à peine eu le temps de réfléchir à ma situation que déjà j'aperçus un papier sur la table. Je le pris et lu :

« En l'honneur de l'anniversaire de la reine Marie-Thérèse, un grand bal aura lieu à la salle des glaces au château de Versailles à vingt-deux heures à la tombée de la nuit. »

Je vais donc faire la connaissance de ce qui est censé être ma mère. J'appelais ma domestique :

-Armande !

Je trouve cette femme magnifique. C'est certes une bonne mais elle a une grâce infinie ! J'ai une petite idée pour apprendre à la connaître...

-Que puis-je faire pour vous altesse ?

-Que diriez-vous d'essayer les robes des armoires royales?

-Comment ça ? Moi aussi altesse ?

-Oui, avec moi. Vous verrez ce sera bien !

-Si telle est votre volonté, qu'il en soit ainsi.

Je crois que je ne vais jamais me faire à ce qu'on me parle comme une « altesse » Armande et moi avions hâte d'essayer toutes les robes qui étaient bien rangées dans la grande pièce qui ressemblait à un dressing ! Je commençai par mettre une longue robe turquoise, très cintrée. Armande mit une robe blanche avec des manches trois quarts. Quand elle me montra sa belle silhouette dans l'encadrement de la porte, je la trouvai ravissante !

-Je vais demander à mon père que vous m'accompagniez à la soirée.

-Oh ! C'est interdit, mademoiselle Line !

-N'importe quoi, Armande, est-ce que vous voulez bien qu'on se tutoie, et aussi ne m'appelez plus « altesse » s'il vous plaît !

-Je n'oserai jamais, mademoiselle.

-C'est un ordre ! Vous me promettez que vous mettrez cette robe demain soir, elle vous va si bien!

-Bien mademoiselle !

Nous avons passé la journée à essayer de belles robes. J'ai fini par choisir une très longue robe écrue avec un col en V et avec des manches qui se coupaient un peu avant mes poignets. Une belle broderie en bande faisait office de ceinture. Un énorme jupon me faisait une très belle jupe. J'allais me faire des boucles aux cheveux, comme ça je me fonderais dans la masse, vu qu'apparemment c'est à la mode à cette époque ! Armande s'occupera de mon maquillage. Je porterai un diadème diamant blanc que j'ai repéré dans ma grande salle de bain. J'ai remarqué, pendant la visite que Armande m'a faite de tout le château hier, que mes pseudos sœurs n'ont pas vraiment la même chance que moi : elles sont réparties dans deux chambres différentes et sont trois par chambres. En plus elles n'ont qu'une salle de bain pour les six ! Je veux bien que je sois apparemment l'aînée mais cela n'explique pas que je sois favorisée ! Ce n''est pas que je les aime particulièrement ces filles mais je trouve cela injuste ! Je crois que le Roi a une petite préférence pour sa « petite fleur », à savoir, moi !

Chapitre 6

Je me réveillai grâce à Timi. C'était la deuxième nuit que je passais ici. Bien que le lit soit très confortable, ce n'était que la première fois depuis que je suis là, que je dormais bien. J'ai rêvé d'un homme de mon âge, Cyno. Il est le valet de mon pseudo père, le Roi Soleil. Il a la peau mate, des yeux verts et des cheveux bruns. Il est un peu plus grand que moi : il doit avoir 17 ou 18 ans. Une vraie tête d'ange ! De toute façon, je ne sais même pas pourquoi je suis là. Je n'ai reçu aucun message sur mon portable non plus.

-Bonjour Line, sa majesté vous demande si une randonnée à cheval vous ferait plaisir, juste après le petit déjeuner, me demanda Armande, un peu gênée de m'appeler par mon prénom.

-Pourquoi pas mais tutoie moi! Dis-lui que j'arrive dans deux minutes, demande lui aussi si tu peux m'accompagner, lui répondis-je.
-Merci Line c'est gentil ! Tu sais je n'ai pas vraiment l'habitude que des gens de ton rang me parlent ainsi et soient aussi gentils avec moi !

Je lui répondis avec un sourire. C'est sûr que ce n'est pas avec les gens que j'ai vu depuis que je suis arrivée ici qu'elle va avoir le droit à un peu de gentillesse !!! Je ne connais que deux domestiques ici, Cyno et Armande, alors qu'en tout il doit y en avoir cent ! Armande est vraiment gentille en plus d'être belle alors je ne vois pas pourquoi je ne lui rendrais pas sa gentillesse !

Un peu plus tard, après avoir traversé la place d'armes et rejoint les écuries, on me présenta mon cheval, un superbe alezan à la robe noire, une selle damasquinée en velours rouge. Hélas, il fallait monter en amazone, je ne l'avais jamais fait, j'avais un peu peur de tomber.

-Il s'appelle Lazo, me dit le responsable des écuries royales.

-C'est vraiment un beau cheval.

C'est marrant de se prendre pour une princesse, surtout quand les autres vous obéissent au doigt et à l'œil !

La balade à cheval était vraiment cool. À ma grande surprise, nous étions plus d'une centaine de seigneurs et grands personnages de la cour, les femmes étaient splendides, les hommes aussi. J'étais à côté du roi qui me racontait pleins d'anecdotes sur ma famille et principalement sur mes pseudos sœurs. Ce que j'en retirais est que monsieur le Roi est vraiment naïf ! Dans la moitié des histoires qu'il m'a contées, il s'est fait berné sans même s'en rendre compte ! N'empêche qu'il m'a fait rire ! Il est touchant. Il est aussi gentil avec moi qu'il est cassant avec mes sœurs ! Pas étonnant qu'elles ne m'aiment pas !

J'ai aussi discuté avec Armande et j'ai appris qu'elle était issue d'une famille de commerçants en dentelles et que grâce à son métier elle pouvait se nourrir et avait un toit sous lequel dormir. Triste vie. Je vais faire en sorte, d'ici à ce que je reparte au XXI siècle, de lui rendre la vie plus belle.

A midi j'étais étonnée de voir que le roi et la reine ne mangeaient pas avec nous, j'invitais Armande à se joindre à nous, au grand damne de mes sœurs qui la fusillèrent du regard pendant tout le repas et multiplièrent les propos perfides. Armande était rouge de honte et je pris sa défense.

Après le déjeuner Cyno me proposa une promenade dans les jardins, il voulait me faite visiter le bosquet de Vénus. C'est un garçon bien , il était timide et mature pour son jeune âge, il parlait avec léger zézaiement à la mode de l'époque. J'ai appris qu'il était très proche d'Armande. Cyno est peut-être la « chasse-gardée » de mon amie. A suivre...

J'ai appris qu'il était né à Paris. Que ses parents avaient beaucoup travaillé pour lui offrir une éducation convenable et qu'ils avaient ensuite décidé de venir travailler pour le Roi, à Versailles. Cyno est galant, gentleman (quand je lui ai dit ce mot il a fait une drôle de tête et ça m'a beaucoup fait rire !) et en plus il est drôle. Il m'a raconté aussi certains de ses «jeux» qu'il a fait au château, c'est une partie de cache-cache où on l'avait pris pour le prince de Condé, à cause de l'obscurité. Il avait attendu de s'éloigner pour en rire. Il me proposa de me joindre à eux demain, en m'expliquant que les jardins de Versailles étaient très animés la nuit et qu'il faudrait se montrer prudent et ne pas trop s'éloigner les uns des autres. Nous serions cinq ou six avec Armande et d'autres domestiques. J'ai directement accepté !

Après je suis allée dans la mansarde qu'il partage avec Armande. Là il m'a lu des poèmes qu'il écrit et c'était très beau. Armande et Cyno ont l'air heureux. J'envie leur complicité et ils envient ma noblesse. Drôle de trio ! J'ai aussi rencontré Marsan, l'autre valet. Beaucoup moins beau que Cyno mais très drôle. Ce qui a attiré mon regard c'est comment Armande le regardait ! Ce n'est pas Cyno sa cible, c'est Marsan ! C'est vrai qu'ils vont bien ensemble.

Ce soir, c'est l'anniversaire de la Reine. Armande et moi nous nous préparons dans ma chambre. Armande me maquille, moi je la coiffe.

-Du coup j'ai dit à mon père que Cyno et Marsan viendraient au bal en tant qu'invités, ça te va ? lui demandais-je.

-Mais... C'est impossible, le Roi n'aurait jamais voulu !

-Puisque je te dis qu'il est d'accord Armande !

-Bien.

Quand Armande et moi nous nous regardons dans les miroirs, on a vraiment des allures de grandes dames ! Nous avons bien rigolé quand il a fallu mettre un corset ! C'est limite si je peux encore respirer !

Quand Armande et moi descendîmes les marches qui menaient au bal, le Roi nous accueillit. Enfin plutôt, m'accueillit, il fit comme si Armande n'était pas là. Je me demandais bien ce que c'était leur problème avec les domestiques ! Ce sont des personnes comme les autres à la fin !

-Bienvenue ma fille !

Je le remerciais vite fait et partis rejoindre Cyno et Marsan, ce dernier s'exclama :

-Ouah Armande tu es splendide !

J'esquissais un sourire béat, j'espère que ça ne s'est pas vu !

-Line aussi est belle Marsan ! Je te rappelle que c'est elle la princesse et non Armande.

-Ce n'est pas parce que je suis la « princesse » qu'il faut me traiter comme telle. Il faut dire qu'Armande est magnifique !

Cette dernière rougit et dit :

-C'est grâce à vous, euh... toi, car tu as choisi la robe.

-Il n'y a pas que la robe qui est belle, répliqua Marsan.

Je jetais un coup d'œil à Cyno et lui fit signe de les laisser tous les deux.

-Je suis désolé pour les paroles de Marsan, mais il aime beaucoup Armande, s'excusa Cyno.

-Oh mais ce n'est pas grave ne t'inquiète pas, il faut quand même reconnaître que Armande est bien plus belle que moi ! D'un côté, ce n'est pas bien compliqué !

-Ne dis pas ça ! Moi je te trouve ravissante.

-Merci.

Mon père approcha et sans jeter un seul regard à Cyno, ce dernier mal à l'aise parti, il dit :

-Line, ma chère fille, venez donc.

-Qu'il y a-t-il ?

-Comment trouvez-vous votre mère ce soir ?

Une femme d'une cinquantaine d'années, très pâle, un air glacial, presque effrayant !

-Ravissante.

Elle me dévisagea de la tête aux pieds et lâcha :

-Ce n'est pas le cas de tout le monde.

Je me retournais et partis, choquée. Comment une mère peut-elle dire ça à sa fille ?! Je suis outrée !

Je ne comprends pas ce que je lui ai fait ! Si elle ne m'aime pas et ne me fais pas de cadeau, je ne vais pas lui en faire non plus. Elle ne me connaît pas, elle ne sait pas à quel point je peux être méchante.

Elle le saura très vite.

Chapitre 7

J'ai mal digéré ce que m'a dit la chère madame Marie-Thérèse. Je suis à côté d'elle au buffet. J'avais un verre de vin rouge à la main. Une idée me traversa l'esprit. Je renversais le contenu du verre sur sa robe.

-Oups ! Vraiment navrée.

-Petite garce ! Me chuchota la Reine.

Je lui lançais un regard noir dont moi seule ait le secret, et je partis voir mes amis.

-Pourquoi as-tu fais ça ?! Je sais que vous n'avez pas des rapports très affectifs mais quand même ! Tu vas avoir des gros ennuis ! me prévint Marsan.

-Oui, de TRES gros ennuis ! Renchérit Cyno

-Alors ça c'est ce que l'on va voir ! Leur répondis-je.

Si mon père m'aime au point d'ignorer mes sœurs pourra-t-il me défendre face à Marie-Thérèse ? Je n'ai même pas eu le temps d'y réfléchir que déjà, j'entendis dans une pièce deux personnes se disputer :

-Elle-ne-la-pas-fait-exprès !!!!   Dit une voix d'homme mûr.

-Mais bien sûr que si Louis ! Tu ne vois pas que c'est son jeu ! Elle fait tout pour m'énerver ! Dit la Reine.

-Et ta réflexion sur sa tenue ? Tu ne crois pas que ça l'a énervé ça ?! Lui répondit mon père.

Comment ai-je pu douter qu'il me défendrait ? Bien sûr qu'il me défend, et comment ?

Je n'ai plus qu'à être très gentille avec le Roi et le tour sera joué !!! La Reine ne pourra plus rien contre moi.

<u>*Chapitre 8*</u>

Tard dans la nuit en compagnie de mes amis...

-Bon, les règles du jeu sont simples, il y a un camp : tous les buissons et il ne faut pas se faire toucher par le loup, donc Marsan !

-Mais ce n'est pas juste, c'est toujours moi !

On aurait dit des enfants de trois ou quatre ans dans une cour de récréation. Je suis revenue, treize ans avant, quand j'avais trois ans. C'est une sensation assez marrante !

On a joué jusqu'à au moins trois heures du matin ! C'était trop drôle ! J'ai dis à Armande de dormir dans ma chambre, ce qui lui a évité de monter deux étages, car on était trop fatiguées ! Les garçons eux ont dormi dans la mansarde.

C'est Timi qui m'a réveillé ce matin avec des petits coups de langue. Je me suis étirée et j'ai réveillé Armande. J'ai pris Timi dans mes bras et je l'ai installé sur un grand fauteuil dans ma grande chambre royale. Armande est partie déjeuner et se préparer pour la journée, tandis que j'ai admiré la vue de la grande baie-vitrée à carreaux en arche de ma chambre. J'émergeais doucement, en me rappelant la journée d'hier. Je me suis mise à rigoler toute seule quand je repensais à la robe blanche avec une énorme tâche dessus.

Lorsque j'arrivai dans le géant salon, mon père m'accueillit, toujours aussi chaleureusement :

-Bonjour ma chère prunelle ! Vous avez fait une grasse matinée à ce que je vois ! C'est que la soirée d'hier a été éprouvante pour vous mon enfant!

-Oh que oui mon cher père ! Heureusement que vous étiez là !

Je commence le fayotage ! En fait, c'est plutôt drôle !

Lorsque je vis Cyno et Marsan débarquer avec des cernes énormes sous les yeux je demandais à mon père :

-Père, puis-je accorder aux valets Cyno et Marsan d'aller se reposer ? Voyez comme ils ont l'air fatigué !

-Si telle est votre envie, faites-donc.

Marsan mima un « merci » et Cyno me fit un clin d'œil. Les deux amis retournèrent à leur mansarde.

Je regardais dans le miroir du salon mes yeux verts qui donnaient l'air d'être fatiguée. Mes longs cheveux bruns bouclés qui reflétaient des mèches rousses au soleil, étaient en bataille malgré les nombreux coups de peigne que je leur avais donné. Mes tâches de rousseurs étaient masquées par des cernes bleus foncé. J'avais vraiment une sale tête ce matin !

Lorsque je discutais avec Armande dans l'un des grands couloirs du palais, une voix m'appela :

-Line mon enfant, venez à moi je vous prie.

Mon père était assis autour d'une très grande table. Plusieurs personnes dont la veste était décorée, me fixaient. Mon père m'invita à m'asseoir au fauteuil en bout de table. Je regardai ma robe couleur jade pour voir si j'étais présentable. Le roi prit la parole :

-Comme vous le savez, mon enfant, vous êtes l'héritière du trône. Vous savez lire, écrire, vous êtes instruise et avez une culture hors norme. Cela vous donc donne un accès direct au trône, et j'en suis des plus heureux.

Ça explique tout ! Si le Roi Soleil et aussi gentil avec moi et m'aime autant c'est parce que je suis l'héritière !

-C'est pour cela, poursuit-il, que chacun de mes apôtres vont se présenter à vous et vous expliquer leurs fonctions.

Pendant plus d'une heure je fis la connaissance de vingt hommes et de leurs fonctions dans le gouvernement royal. Je les écouter avec une attention particulière.

Quand la réunion fût terminée, j'aperçus dans l'encadrement de la porte deux silhouettes qui tentaient de se dissimuler : la reine Marie-Thérèse et Charlotta une de mes sœurs cadettes, donc la seconde héritière, si je meurs...

Je suis certaine que la reine et Charlotta magouillent quelque chose pour récupérer le trône une fois le Roi mort. Mais comment ? En me tuant ? Non, tout de même, je n'espère pas ! Je vais quand même rester sur mes gardes.

Armande et moi attendons au bas de l'escalier les garçons qui devaient nous rejoindre ici.

-Line, je peux te poser une question ? Me demanda Armande

-Est-ce qu'à la fin de la réunion, toi aussi tu as vu ta mère et ta sœur Charlotta dans l'encadrement de la porte ? Me questionna-t-elle.

-Oui je les ai vues.

-Que pense tu qu'elles faisaient là ?

-Elles veulent récupérer le trône une fis que le roi sera mort. Lui répondis-je en me tournant vers elle.

Elle sourit. Elle n'était pas surprise, elle s'en doutait.

Cyno et Marsan nous rejoignirent.

-Bon alors moi je propose que l'on fasse une balade aux alentours du château, ça vous va ? Demanda Marsan

-Parfait ! Répondit Armande

Nous partîmes donc tous ensemble dans les bois. Au bout d'une demi-heure de marche, il commença à faire chaud. Nous passâmes près d'une rivière.

-Ça vous dirait de vous baignez ? Proposa Cyno

-Oui ce serait top parce que là il fait vraiment trop chaud !

Nous rentrâmes au château vers dix-sept heures.

Lorsque je rentrai dans ma chambre, je découvris un gâteau posé sur la table avec un papier : «Pour me faire pardonner de ma remarque, bon appétit. Ta mère, la Reine »

A-t-elle vraiment crue que j'allais tomber dans un piège d'une telle bassesse ? Elle aurait pu trouver mieux ! Je suis déçue. D'autant plus que la fourmi morte qui a dû manger du « super » gâteau n'arrange pas vraiment les choses !

Je le mis à la poubelle pour éviter que mon cher Timi y touche. J'allais caresser mon chat qui était sur le rebord de la grande fenêtre en arc. C'est clair, la

Reine et Charlotta veulent me tuer par tous les moyens ! Mais elles n'y arriveront pas comme ça ! A partir de maintenant ma chambre sera fermée à double tours.

Chapitre 9

Le matin je restais un peu dans mon lit avec Timi. Un rayon de soleil traversait la grande et belle baie-vitrée. Lorsque j'entrais dans la salle à manger, je n'eus même pas le temps de m'asseoir à la table que mon père me dit :

-Bonjour ma belle Line ! Mangez et allez vite vous faire une belle toilette et rejoignez moi au jardin. Aujourd'hui est un grand jour !

Je partis donc après le petit déjeuner dans ma salle de bain et Armande m'aida à me faire belle. Elle me mit mon diadème en diamant. Je me vêtis d'une robe bleu clair avec des broderies blanches. La robe était tellement longue qu'elle traînait derrière moi. Je pris Timi avec moi et me dirigeais vers le jardin. Il y avait une petite foule, des gens de la cour, mes sœurs mais pas Charlotta et Marie-Thérèse. Le Roi tenait un bandeau noir dans ses mains et me dit :

-Je vais vous mettre ce bandeau mon enfant, c'est pour ne pas gâcher la surprise.

Lorsque mon père m'enleva le bandeau je découvris deux hommes. Un très âgé qui devait être roi car il portait une couronne, le deuxième devait être son fils.

-Line, je vous présente le Roi Hugues et son fils Hogustus. Afin de tenir la paix que nous nous sommes promis le Roi

Hugues et moi-même, avons décidé de donner votre main au prince Hogustus.

Je me retournais vivement vers mon père les yeux pleins de haine, comment pouvait il me faire ça lui ?! Cette espèce de Shreck obèse qui avait épousé une peste folle !!! Je regardais Hogustus qui affichait un sourire niais, puis mon père, puis Hugues. Je ne laissais à personne le temps de placer un mot et je partis en courant. Je titubais dans les escaliers qui menaient aux mansardes. J'avais la tête qui tournait lorsque je frappais à la porte de chez Armande et les garçons. Cyno m'ouvrit et je me laissais tomber dans ses bras. Une larme coula sur ma joue, une larme de tristesse et de panique totale, mais aussi de colère et de haine. Cyno me prit les mains et me demanda :

-Que se passe-t-il ?!

-Mon père veut me marier à un niais !!! Il veut me marier au prince Hogustus !

Armande qui nous avait rejoint poussa un cri de stupeur. Je fondis en larmes dans les bras réconfortants de Cyno.

-On va arranger ça, ne t'inquiète pas Line, je suis là. Me chuchota-t-il à l'oreille.

Je passais la journée dans ma chambre avec Armande, Marsan et Cyno. On avait amené de quoi boire et manger. J'avais fermé la porte à clé pour que personne ne nous dérange. Je serrais Timi fort dans mes bras en regardant par la baie-vitrée tandis que Armande essayait de me remonter le moral, en vain. Cyno et Marsan étaient assis sur mon lit et discutaient de tout et de rien. Je me levais et alla dans ma salle de bain. J'enlevais mon diadème, le rangea, les yeux pleins de larmes. Je me changeais et enfila une robe noire très simple et très cintrée. Elle avait des larges et longues manches. Elle était encore plus longue que la robe bleu claire. C'est fou ce que les robes sont belles dans ce palais ! Je détachais mes longs cheveux bruns qui retombèrent sur mes épaules. Lorsque je sortis de la salle de bain, Marsan, Cyno et Armande me fixèrent étrangement.

-Qu'est-ce qu'il y a ?

-Tu es magnifique! Bredouilla Cyno

-Ah... Bah, merci. Lui répondis-je, un peu troublée.

-Il faut que je vous parle. Leur dis-je.

-Qu'il y a-t-il ? Demanda Cyno.
Alors je leur expliquais ce que je pensais de ma mère et mes sœurs, je leur racontais la réunion, Marie-Thérèse et Charlotta dans l'encadrement de la porte ainsi que le gâteau empoisonné. Je leur dis tout, sauf que je venais du 21e siècle, je ne trouvais pas le courage de leur expliquer.

Lorsque je levais les yeux vers eux, Cyno me regardait avec ses beaux yeux verts. Marsan et Armande se regardaient avec un sourire en coin.

-Un jour, Armande et moi avions surpris la Reine et Charlotta qui parlaient de récupérer le trône une fois que le Roi serait mort. Lança Marsan.

-Ça confirme ce que je pensais, la Reine et Charlotta veulent me tuer. Leur dis-je.

-Mais on ne va pas les laisser faire ! S'exclama Cyno.

-Il faut trouver un moyen de les faire enfermer.

-Très bonne idée, dit Armande, mais comment ?

-Il faut leur faire commettre une erreur ou alors montrer à tout le monde leur complot.

-Et après j'irai voir mon père et je lui dirais de les enfermer !

Jusqu'à dix-huit heures nous discutâmes de comment me vengerais de la Reine et Charlotta.

Je leur demandais s'ils ne voulaient pas restez dormir ici car je ne me sentais pas de rester là, seule. Tandis qu'Armande et Marsan étaient parties chercher de quoi passer la nuit, Cyno et moi discutions. A un moment nous nous sommes arrêtés de parler et nous avons tous les deux regardé le coucher de soleil. Cyno s'est tourné vers moi, et m'a regardé. A cet instant, j'eus envie qu'il m'embrasse. Il se pencha vers moi. Ces lèvres devaient être à un tout petit centimètre des miennes lorsque l'on toqua à la porte.

Je me levais et alla ouvrir. Mes quatre petites sœurs se tenaient devant moi.

-Alors comme ça tu vas épouser Hogustus? Lança Lisa

-C'est mon rêve! Dit Romana avec un air complètement dépassé.

-Il est à moi !!! Cria Yasmina en tapant Romana et moi. Maria n'eut même pas le temps de s'excuser pour sa sœur que je leur claquais la porte au nez !

Comment ces petites pestes peuvent-elles gâcher le moment que j'attends depuis longtemps en m'avouant leur amour pour l'autre niais en plus !!!

-Je suis désolé, je ne voulais pas... s'excusa Cyno, tu es la princesse et moi qu'un simple valet !

-Tu es bien plus qu'un simple valet, lui dis-je en passant ma main dans ses beaux cheveux bruns. Cette fois, il m'embrassa réellement et ce fut la plus belle chose qui m'arriva depuis que j'étais tombée ici !

Soudain, la porte s'ouvrit et Marsan et Armande nous virent. Armande souriait tellement ! Je déculpabilisais d'un seul coup quand je vis qu'elle tenait la main de Marsan. Nous étions donc une bande de couples ! Toute la soirée nous rigolâmes tellement que j'en oubliais presque que je devais épouser l'autre niais d'Hogustus et que la Reine voulait me tuer.

Chapitre 10

Je me réveillai dans les bras de Cyno. Timi dormait entre Armande et Marsan. Je me levai et réveillai Armande. Marsan ouvrit les yeux en même temps. Cyno se réveilla et m'embrassa. Quelques minutes après il partit pour petit-déjeuner dans leur mansarde. Je me retrouvais seule dans ma chambre avec mon chat. Je réfléchissais comment piéger la Reine et Charlotta.

J'avais tellement peur de tomber sur l'une d'elles que je longeais les murs du Palais. Il m'était impossible de manger car j'avais une boule au ventre constante. Lorsque je pensais à elles, mon pouls s'accélérait d'un coup et mon sang battait des records de vitesse dans mes veines. Seule ma chambre me paraissait être un lieu en sécurité. Les seules personnes que j'acceptais de voir étaient Armande, Cyno et Marsan. Je passais mes journées enfermée, guettant le moindre bruit. Cyno et Armande me disaient :

« -Ça ne peut pas durer, il faut que tu sortes ! »

Mais rien n'y faisait et le stress de les voir restait.

Un matin, j'osais sortir de ma chambre pour aller déjeuner. Mon père osa à peine me dire bonjour, je lui répondis d'un regard glacial. Je pris mon déjeuner très lentement pour arriver à digérer. Je me levais et passais dans les couloirs où je croisai mes amis. Cyno m'embrassai pour me dire bonjour et Armande et Marsan me félicitèrent d'être sortie de ma chambre. Cyno proposa d'aller faire une balade à cheval. J'allai donc me préparer et après avoir fermé ma porte à double tour, je les rejoignis aux écuries. Cyno avait déjà préparé Lazo, mon cheval, pour moi. Je le remerciai et grimpai sur ma monture. Nous partons donc tous les quatre vers la forêt. Derrière les grands chênes se cachait un grand lac bleu turquoise avec des plages de galets. C'était tellement beau ! Des poissons se baladaient entre les nénuphars. Des oiseaux chantaient. Exactement comme dans les contes de fées. C'était tellement joli ce petit paradis. J'aimais tout dans cet endroit. La vue, le son, l'odeur des fleurs. Bref, un endroit parfait. Nous avons passé toute la journée au lac. Puis, nous sommes rentrés au Palais. Le roi nous attendait sur les marches.

-J'ai dit au roi Hugues que, vu les circonstances, le mariage serait annulé.

-Oh merci papa ! M'écriais-je en lui sautant dans les bras. Il me regardait, l'air ému.

-C'est la première fois que tu m'appelles ainsi.

Je le serrais fort dans mes bras. Voilà un problème en moins. Lorsque le soir je me couchais, je sentis un poids en moins dans mon cœur.

Chapitre 11

Le jour se levait sur Versailles. Je me levais hâtivement, je m'habillais pour rejoindre mon père dans un des grands salons :

-Bonjour père !

-Bonjour mon enfant. Comment allez-vous ?

-Bien et vous ?

-Parfait, je ne me suis pas senti aussi bien depuis longtemps ! Me répondit mon père.

Armande débarqua dans la pièce, me prit par le bras et me dit :

-Il faut qu'on parle, vite et en privé !

-Viens avec moi.

Je l'emmenai dans un autre salon du Palais.

-Line, je suis désolée ! Je ne pensais pas qu'il pouvait faire ça, je pensai le connaître je te le jure !!! S'exclama-t-elle avec un air grave et navré.

-Dis-moi là, tu me fais peur !

-J'ai surpris Cyno avec Lola !

-Qui c'est celle-là ?

-Une servante, c'est une énorme peste !!!

-Ils s'embrassaient ?

-Oui. Je ne suis pas sûre à 100% que ce fût Cyno car je l'ai vu de dos mais il lui ressemblait vraiment !

-D'accord, merci Armande.

Je partis, effondrée, m'enfermer dans ma chambre.

Je me sentais comme assommée, écroulée par cette nouvelle. Je pleurais pendant des heures, des jours, je m'étais réellement attachée en peu de temps à cet homme infidèle. Le pire c'est que je n'arrivais pas à lui en vouloir. La culpabilité me rongeait, la tristesse me hantait. Pendant une semaine je ne mangeais pas, je ne buvais pas, je ne voyais personne hormis Timi, je fuyais tout. Je passais mes journées à pleurer, à déprimer et à guetter le moindre message sur le seul objet qui me restait de ma vie d'avant, quand j'étais bien tranquille :

mon portable. Cette fichue caisse m'avait envoyé dans un monde d'infidèles. Voilà maintenant deux mois que j'étais arrivée dans ce monde de fous, d'illuminés, de dangereux et de par-dessus le marché, infidèles !!! J'étais tout simplement déprimée. Quand est-ce que j'allais rentrer chez moi ?! Est-ce qu'un jour j'allais rentrer chez moi déjà ?!!! Je me sentais vide, complètement vide.

Un jour, on toqua à ma porte. Je n'avais aucune envie de voir quelqu'un mais je me levais quand même pour aller ouvrir. Le roi était accompagné d'un valet qui tenait un plateau plein à craquer de nourriture et une espèce de fou avec trois touffes de cheveux sur sa tête ronde !

-Bonjour ma fille adorée ! Que se passe-t-il ? Vous êtes souffrante ? Je vous ai apporté de quoi manger et boire et j'ai demandé à mon ami médecin Seigneur Ilovar de vous examiner.

-Merci père, c'est très gentil à vous mais tout cela est inutile ! Je suis juste triste et l'appétit ne me vient pas.

-Quel tête vous avez princesse ! Dit le médecin. Laissez-moi vous examiner.

Il prit ma main la lécha et déclara :

-Vous êtes très malade majesté !

J'étouffais un fou rire ! Qui est cet illuminé ?! Quel est cet homme fou qui a l'air habité ? J'interrogeais mon père du regard qui lui avait l'air très satisfait. Puis ça me revint d'un seul coup ! J'avais appris en cours d'histoire que les gens de cette époque se faisaient examiner par des soi-disant docteurs qui, en fait, n'y connaissaient rien à la médecine. Le fou avait ouvert une mallette dans laquelle se trouvait toutes sortes d'instruments et même une scie !!!

-Père, je me sens très bien je n'ai pas besoin de ce perché pour aller bien ! Dis-je avec un air autoritaire pour bien appuyer le fait que je n'avais pas besoin de cet homme complètement habité pour me guérir d'un chagrin d'amour !

Mon père tourna les talons et dit au médecin de repartir avec le valet. Ce dernier posa le plateau de nourritures sur la table et partit. Mon père s'assit sur un fauteuil de ma chambre.

-Line, ma belle enfant. Vous êtes tout pour moi, vous pouvez vous confiez à moi vous savez ! Commença-t-il avec un air peiné.

-Mon cher père, un garçon m'a brisé le cœur, je le croyais fidèle mais je me suis bien trompée sur son compte. Il me faut juste un peu de temps pour le digérer.

-Voulez-vous que l'on fasse une mise à mort de ce misérable?!! Ce serait génial on ferait un festin avec du vin et......

-Non mais vous êtes tombé sur la tête ? Père on ne souhaite la mort à personne !! C'est hors de question !!!

Mon père paraissait déçu et surpris. Je sais bien que c'est à la mode à cette époque de tuer le premier venu mais il n'est pas question de tuer Cyno même s'il m'a trompé !

-Père, c'est gentil de vouloir m'aider mais j'ai juste besoin d'être seule pendant quelques temps.

-Je comprends ma petite fleur, bonne journée à vous dit-il en refermant la porte de ma chambre.

Un matin, on toqua à ma porte, j'espérais que ce ne serait pas mon père.

J'étais encore dans mon lit alors je me précipitais dans ma salle de bains et j'enfilais une robe au hasard, rose pâle en dentelle. J'allais ouvrir. Et là, je découvris Cyno ! J'essayais de refermer la porte mais il la bloqua.

– Qu'est-ce qu'il te prend ? Ça fait une semaine qu'on ne te voit plus!

–   Qu'est-ce qu'il me prend ?!? Après ce que tu m'as fait, tu crois vraiment que je vais revenir vers toi comme si rien ne s'était passé?!?

Excuse-moi mais ce n'est pas comme ça que ça fonctionne chez moi ! Criais-je en lui claquant la porte au nez.

Je me laissais tomber sur mon lit, tremblante, écœurée et je fondis en larmes. Quand je rouvris les yeux, Cyno était assis à côté de moi. Il me prit dans ses bras et dit :

-Je ne comprends pas, je n'ai absolument rien fait ! Je t'aime moi !

-Armande m'a dit qu'elle t'avait vu avec une certaine Lola bredouillai-je entre deux sanglots.

-Quoi ?!? Avec Lola ? Mais Line, je... je te jure que je n'ai rien fait avec cette peste ! Attends, je vais la chercher pour te le prouver !

Il partit en courant, en me laissant dans le plus grand désarroi.

Une dizaine de minutes après, il entra à nouveau dans ma chambre accompagné de Armande et d'une petite laide qui devait être Lola.

-Bien, maintenant Lola redis à Line ce que tu m'as dit tout à l'heure.

-J'ai jamais embrassé ça ! Dit-elle avec un air dégoûté en désignant Cyno.

En effet, c'est une peste ! Cyno l'a pris fermement par le bras pour la mettre dehors et lui dit :

-Merci, au revoir !

Et il ferma la porte aussitôt.

-Je suis désolé Cyno, je pensais vraiment que c'était toi. Je m'excuse de t'avoir ignoré comme ça ces derniers jours déclara Armande.

Puis elle me prit dans ses bras et dit :

-Je suis désolée de t'avoir fait toute cette peine inutilement.

-Ne t'inquiète pas, je ne t'en veux vraiment pas.

Cyno se dirigea vers moi et m'embrassa.

Je me blottis dans ses bras. La porte se rouvrit et Marsan débarqua et dit :

-Il me semblait bien aussi que mon meilleur ami ne pouvait pas faire une chose pareille.

-Comment as-tu su que ce n'était pas lui ? S'étonna Armande

-J'ai croisé Lola...

Elle te parle à toi ? S'exclama Armande surprise.

-Faut croire.

J'avais enfin retrouvé mes amis et ma joie de vivre.

Chapitre 12

Ce jour-là, lorsque je me réveillais et que je regardais par la fenêtre, il pleuvait. Timi s'était réfugié sous ma couette. Malgré les torrents d'eau désespérants qui s'abattaient dehors, j'étais heureuse, très heureuse d'avoir retrouvé Cyno. Cela m'avait permis de me rendre compte que j'étais attachée à lui, plus que je ne le pensais.

C'était bien la première fois que je ressentais une chose pareille pour quelqu'un. J'avais une peur constante de le perdre. Quand il n'était pas là, il me manquait. Quand je le voyais, mon cœur s'emballait. C'était indescriptible ce sentiment. Ça peut paraître très cliché mais je m'en moquais littéralement. Bref, j'étais heureuse. Je me levais et allais dans ma salle de bains. Je mis une robe très longue, rouge bordeaux. Je détachais mes cheveux, les brossais et je mis mon diadème. Dans les couloirs sombres du Palais, je me dirigeais vers la grande salle à manger.

Je regardais par la fenêtre la pluie qui tombait en continu. J'ai toujours eu peur de la mort. Lorsque cela vous arrive, qu'est-ce qu'il y a après ? Et s'il n'y avait rien ? Le vide total. On n'existe plus. Je crois que c'est ça ma pire angoisse. Si le livre se ferme, il n'y a pas d'autres chapitres ? Pas de suite ? Juste la Fin ? J'ai peur. Peur qu'il n'y ait rien. Et s'il y a quelque chose, c'est quoi ? L'Enfer ou le Paradis ? La vie ou la mort ? On ne sait pas. Et je ne le saurai pas avant que cela m'arrive. Le plus tard possible. A moi et mes proches. Je vis Cyno dans le reflet de la vitre.

-Que fais-tu ?

-Je pense à la mort

-Oulà !

-J'ai peur Cyno.

Il me prit dans ses bras et me confia :

-Ce que je pense c'est qu'il ne faut pas y penser. Ça arrivera quand ça arrivera. Pourquoi se gâcher la vie, notre vie, avec cette idée noire !

Il déposa un baiser sur mon front. Nous restâmes assis sur le bord de la fenêtre, l'un avec l'autre, un long moment. Puis, nous allâmes manger.

Après le déjeuner, nous allâmes avec Armande et Marsan dans ma chambre. On s'amusa et discuta toute l'après-midi.

Timi s'était installé sur mon lit. Marsan et Armande le caressaient et lui, il ronronnait de bonheur. Cyno et moi, nous discutions de tout et de rien et nous nous trouvions, en fin de compte, plein de points communs. A un moment je vis mon portable sur la table de nuit. J'hésitai à leur en parler. Mais j'avais peur de tout perdre, à nouveau. Je décidai donc de le ranger. La nuit tombée. Mes amis repartirent se coucher. Je contemplai mon chat qui était complètement étalé sur mon lit. Je me déshabillai et allai prendre mon bain. J'enfilai ma robe de nuit et je me glissai dans mon lit, en caressant Timi. Je m'endormis ainsi.

Chapitre 13

Lorsque j'ouvris les yeux, la grande horloge en chêne de ma chambre affichait 9h12. J'allai ouvrir la majestueuse fenêtre à carreaux de ma chambre. Les oiseaux chantaient. Un vent frais soufflait sur le jardin. Une belle journée commençait. J'ai toujours adoré le matin. Ça a quelque chose de magique ! Le soleil qui se lève, une journée qui commence.

J'allai m'habiller dans ma salle de bains. Timi me suivait, comme s'il voulait quelque chose. Je lui donnais une assiette de viande que l'une des bonnes avait laissée là pour lui. Il prit un air satisfait et commença à manger en ronronnant. Je pris une robe bleu marine dans mon grand placard royal. Je mis mon diadème et je partis voir mon père. Ce dernier m'attendait dans le salon, assis sur un fauteuil, une boîte dans les mains.

-Bonjour Line ! Joyeux anniversaire. Voici un présent pour vous.

Je ne savais absolument pas que c'était mon anniversaire car le mien est le 30 juillet et non en plein printemps, le 12 mai. Je pris tout de même la belle boîte que me tendait mon père et je l'ouvris. Je n'en crue pas mes yeux.

-Elle te plaît ? C'est une montre en or. Les aiguilles sont en or, le cadrant est en or, et des diamants ont été déposés autour du verre. Une broderie d'or a été cousue sur le tissu blanc. Je regardais mon père, le grand Louis XIV, abasourdis.

-Mer... Merci père, c'est trop, il ne fallait pas elle est magnifique !!!

Je serrais le Roi fort dans mes bras et le remerciais une dizaine de fois. Puis je pris avec la plus grande délicatesse ma nouvelle montre, et je l'attachais à mon poignet. Jamais je n'avais vu un aussi beau bijou !

Je remerciai encore mon père et je montai à la mansarde voir mes amis. Je saluai Armande et Marsan et dit bonjour à Cyno. Je le montrai ma superbe montre.

-Ouah ! Elle est splendide ! S'exclama Armande.

-J'avoue que là il a bien joué ton père ! Déclara Marsan.

-Moi aussi j'ai un cadeau pour toi ma princesse.

Cyno sortit un foulard noir de sa poche. Il me l'attachait derrière la tête . La dernière fois qu'on m'avait bandé les yeux la surprise ne m'avait pas plu du tout !

-J'espère pour toi que c'est une bonne surprise, il mio cuore.

J'aime parler italien car personne ne comprend ce que je dis.

-Ne t'en fais pas pour ça, mi amore.

Enfin, presque personne.

Lorsque l'on me détacha le bandeau, je découvris un pur-sang à la robe caramel avec une tâche blanche sur la tête.

-Il est à toi ! Déclara Cyno. Il s'appelle Arthur, comme le Roi.

Je m'approchai du majestueux cheval, et je passai ma main sur sa crinière, émerveillée. L'animal avait les yeux verts, chose rare chez les chevaux. Immédiatement, je me pris d'affection pour ce bel animal ! Il était grand, robuste et fort. Je dis à Cyno d'approcher, et il me fit la courte échelle. Je grimpai sur mon cheval, lui caressait l'échine. Vu qu'il n'y avait pas de selle ni de cordes, je pris de mèches de sa crinière, donnai un petit coup dans son ventre et il partit au galop aussitôt. Il avait été dressé. Et très bien dressé même ! Le labrador et le hieuchki de mon père courraient derrière pour essayer de nous rattraper, en vain. Arthur avait une telle force que je sentais toute sa puissance. Je fis un petit tour et retrouvais mes amis. Je descendis de ma monture et embrassai Cyno.

-Merci.

Je pris Armande et Marsan dans mes bras et je les remerciai encore et encore. Puis je déclarai :

-Cet après-midi, balade à cheval au lac !

Je préparai le pique-nique de ce midi avec Armande. Puis toutes les deux, nous allâmes nous préparer.

Nous rejoignîmes les garçons aux écuries. Une brise fraîche nous empêchait de ne pas avoir trop chaud. Nous attelèrent nos chevaux et nous partîmes sur le chemin qui menait au lac. Le lac était toujours aussi beau ! Nous installâmes le pique-nique pendant que les chiens se coursaient. C'était plus beau que la dernière fois, de nouvelles fleurs étaient arrivées, de nouveaux oiseaux chantaient, et le cerisier sous lequel nous étions installés avait fait ses fruits.

Après avoir mangé, j'allai me baigner avec Cyno, suivis de Marsan et Armande. L'eau était bonne. Les poissons se déplaçaient entre les nénuphars. Même les chiens se joignirent à nous. Nous mangeâmes le pique-nique que nous avions préparé avec Armande. Ensuite, nous nous allongeâmes un moment à terre. Nous restâmes ainsi, à discuter pendant une ou deux heures. Puis nous remontèrent à cheval. Sur le chemin du retour, je discutais avec Cyno. A un moment on parlait des personnes qui trompaient leurs compagnons. Lui me racontait qu'un ami avait été trompé par sa petite amie qui allait et venait avec plusieurs hommes.

Soudain, une question me brûla la langue et je me sentais dans le besoin de la lui poser :

-Et toi, je peux te faire confiance ?

-Tu es la chose la plus belle qui me soit arrivé dans ma Vie. Il faudrait quelque chose de plus fort que la fin du Monde pour me séparer de toi. Tu es celle qui m'a fait découvrir l'Amour et tu seras celle avec qui je le vivrai. Si tu en as envie, oui, tu peux me faire confiance. Je n'oublierai jamais l'intensité de son regard lorsqu'il a prononcé ses mots.

Chapitre 14

Je détournais les yeux de son regard trop puissant. Je contemplais le paysage. Lorsque nous arrivâmes au château, des décorations avait été mises ici et là. Quand j'arrivais dans le grand salon, mon père regardait le jardin par la fenêtre. Il se tourna vers moi :

-Ça te plaît ?

-Oui père.

-Parfait. Ce soir aura lieu ta fête d'anniversaire, je te fais confiance pour ta tenue et ta ponctualité.

-Bien père.

Je repartis dans ma chambre rejoindre Timi, toute contente d'avoir ma fête rien que pour moi. J'allai donc inviter mes amis à la soirée. Puis les garçons nous mirent à la porte et dirent :

-Il faut que l'on se prépare nous !

Avec Armande nous échangeâmes un regard amusé. Je l'invitais dans ma chambre pour se préparer. Nous passâmes plus de deux heures à nous maquiller, nous coiffer et nous habiller.

Armande avait une robe noire, un maquillage foncé, un collier en argent et diamant, de belles boucles d'oreille, et un bracelet.

Ses cheveux blonds foncés que je lui avais lissés, ça lui allait à merveille.

Moi, j'avais opté pour une robe blanche écrue avec des broderies, une taille très cintrée, des manches longues et un col en V. Je portais, comme à mon habitude, l'un des diadèmes qui représenter mon statut de princesse héritière. Ce soir, j'avais choisie celui en or rose. J'avais mis ma montre. Je portais aussi une bague en flèche en or rose, un bracelet et de très longues boucles d'oreille. Ma robe avait un gros jupon magnifique qui devait faire environ deux mètres de diamètre. Elle était si longue que les broderies écrues traînaient derrière moi. Armande m'avait relevé les cheveux dans un chignon désordonné, des petites mèches bouclées s'en échappaient, ce qui rajouter du charme à la coiffure. Mon amie m'avait très bien maquillé, en jouant avec les ombres et lumières. Le phare à paupière faisait ressortir mes yeux verts. Pour une fois, je me trouvais belle dans le reflet du miroir.

Nous rejoignîmes les garçons en haut des larges et grands escaliers de marbres qui menaient au bal. Marsan était habillé en noir, tout comme Armande. Cyno était magnifique, du moins je trouvais, mais lorsque je regardais Armande elle approuva, je supposais qu'il n'y avait pas que moi qui le trouvait beau. Il portait une veste bordeaux et, sans le vouloir, il avait la chemise et son bas de la même couleur que ma robe. Il s'inclina, prit délicatement ma main et y déposa un baiser. Je le contemplais. Marsan et Armande descendirent les marches puis une musique aux violons s'entonnait. Cyno me prit par le bras et nous descendîmes les marches ainsi, sur cette musique imposante.

Un buffet avait été installé. Toutes sortes d'aliments avaient été cuisinées. Il y avait des gens de la cour, des collaborateurs, des ducs et des comtes des régions voisines. Le roi s'était apparemment occupé des invitations. Mais la compagnie de Marsan, Armande et Cyno me suffisait. Il y avait tous les fils des grands ducs. Mon père voulait tous me les présenter ?

-Lui, c'est le Prince William.

L'intéressé fit sa révérence et repartit.

-Je te présente le Prince d'Eville.

Ce dernier fit tout comme le précédent.

-Tous ses princes, du moins une grande majorité, seront tes collaborateurs quand tu sauras sur le trône. Il est important de te lier d'amitié avec eux, afin de pouvoir avoir une entière confiance en eux.

-Je croyais que c'était mon anniversaire, j'ai normalement le droit de m'amuser, pourquoi dois-je parler avec ces inconnus ?!

-Line, ma chère enfant, c'est justement lors de ces bals que tu assures ton avenir de future souveraine. Je te propose de passer un temps avec eux, et d'ensuite aller t'amuser avec tes amis.

-Ça me convient.

Je partis donc vers un groupe de princes placés vers le buffet. L'un d'entre eux m'adressa un sourire.

-Vous êtes ravissante, grande et belle princesse.

C'est ce qu'on appelle un lèche-botte !

Nous discutâmes un moment. Je voyais Cyno, au loin, qui nous surveillait. Cela m'amusait plus qu'autre chose. Puis mon père s'approcha et me chuchota à l'oreille ;

-Ça c'est bien ma fille ! Tu es train de lié un lien avec le Prince Wedïka, celui qui a le plus beau et le plus cher héritage !

J'esquissais un sourire ! On se serait cru en train d'écouter un mélange entre un documentaire historique et un match de foot! Je discutais encore une demi-heure avec mes futurs collaborateurs puis je repartis voir mes amis. Mais une danse s'engagea et mon père s'approcha de moi, et on commença à danser pour ouvrir le bal. Puis très vite, les autres arrivèrent et nous dansèrent ainsi. Je passais de partenaire en partenaire. A un moment je me retrouvais dans les bras d'une silhouette familière. C'était Cyno. Nous dansâmes un moment, jusqu'à ce que la musique s'arrête. Je regardais tout ce monde autour de nous, il devait y avoir au moins trois cents personnes. A l'autre bout de la grande pièce, j'aperçus mes sœurs, entourées de tous les princes. Pourquoi ça ne m'a pas étonné ? Seuls deux personnes manquaient : la Reine et Charlotta. Bizarrement, elles ne me manquaient absolument pas !! J'observais mes sœurs faire leur petit manège pathétique. Elles s'étaient habillées de robe très colorées. Elles me faisaient penser à des poules draguant les coqs de basse-cour. Cyno me dit soudain :

- Suis-moi.

Et c'est ce que je fis. Nous passâmes entre la foule. Des brides de discussion nous parvenaient.

Puis nous arrivâmes sur un grand balcon dehors. Le jour s'était couché et avait laissé place à la Lune et son voile d'étoiles. Le ciel en était rempli. C'était magnifique. Jamais je n'avais vu un nombre aussi grand d'étoiles pour ce petit ciel. C'était magique.

-Ta soirée te plaît ?

-Oui, beaucoup.

Il me serra dans ses bras réconfortant et je m'y blottis. J'étais tellement bien, que j'aurai pu y rester des heures encore.

Armande nous rejoignit.

-Qu'est-ce que vous faites ?

-On regarde les étoiles lui répondis-je.

-C'est vrai que c'est beau !

Je me détachai de Cyno et m'approchais du balcon qui donnait sur le jardin.

-Tu es prête à recevoir ta couronne ?

-Pardon ?! Quelle couronne ?!!!

-Euh...Bah ta couronne !! Le vin t'aurait-il fait oublier qu'à ses dix-sept ans, toutes les princesses héritières passent du stade de diadème à couronne, et à leurs dix-huit ans elle monte sur le trône.

Je n'en croyais absolument pas mes oreilles ! Jamais je ne m'en serai douté que ce soir, j'aurai une couronne !

Voyant mon regard interloqué, Cyno s'inquiétait.

-Tu as bu combien de verre, mon ange ?

-Un.

-Il n'y avait que du vin dedans ?

-Oui Cyno.

Je lui lançais un regard pour le rassurer.

Soudain, nous entendîmes quelqu'un s'adresser à la foule. Nous rentrâmes.

-Mes chers invités, il est temps de se diriger vers l'église pour le couronnement de la princesse Line !

Mon père sortit de nulle part et me dit de le suivre. Nous sortîmes dehors et nous entamions une marche nocturne jusqu'à l'église. Peu à peu des gens du peuple se joignirent à nous sur le chemin. Je grelottais de froid dans ma robe de soie. Cyno, en grand gentleman, ôta sa veste et me la déposa sur les épaules.

Puis nous rejoignirent une espèce de carrosse et nous montèrent dedans. Tous les autres nobles montèrent dans leur carrosse et nous suivirent. Les autres personnes nous suivaient à pieds ou à cheval. C'était comme un gros cortège. Quelques minutes après, nous arrivâmes à l'église. Ma montre affichait 23h41. Nous entrâmes et le Roi salua le prêtre ainsi que le Pape qui se trouvait à l'autel.

Et là, je la vis. Elle était posée sur un coussin rouge vif en velours. Elle était entièrement en or. A chaque pointe, un diamant blanc avait été serti. Et devant, au centre, une pierre émeraude. La couronne était magnifique ! Ma couronne était magnifique !!

Je regardais autour de moi. L'église était juste... splendide!!! Le plafond devait s'élever à une hauteur de 30 mètres. Des fresques y étaient peintes.

Un des chevaliers présent s'est avancé et a déclaré :

-Que le couronnement commence !

Je me positionnais en bas des larges escaliers qui menaient à l'autel, comme le faisait les personnes qui allaient se faire couronner dans l'un des rares documentaires historiques que j'avais pu regarder. Je ne savais pas que ça allait me servir un jour !

Un musicien entama un morceau à l'Orgue. Le Pape et le prêtre s'avancèrent vers moi, je m'agenouillai. Le Pape prit la couronne sur le coussin que tenait le prêtre. Tout le monde retenait son souffle. Enfin, je sentis le contact froid de l'or à travers ma chevelure.

-Je déclare officiellement la Princesse Line Capet héritière du trône de Versailles et de la France.

Chapitre 15

Lorsque je me réveillais, le soleil m'éblouissait, j'avais aussi très mal à la tête. Puis la soirée d'hier me revint en mémoire : le couronnement. Après que le Pape ait posé la couronne sur ma tête, des applaudissements retentirent dans toute l'église, les gens de la Cour, les Nobles, mais aussi les Bourgeois et le peuple dehors. C'était impressionnant! Tous ces gens qui m'applaudissaient, moi, la Princesse héritière ! Puis il fallut rentrer au Palais. Je n'ai cessé de discuter avec Cyno, Armande et Marsan, que j'avais invité dans le carrosse, sur le chemin. A notre passage le peuple m'acclamait et, à ce moment, je ne me suis jamais autant sentie vivre ! Je me souviens aussi que mon père m'avait dit dans le carrosse :

-Au fait, ta mère et ta sœur Charlotta ne sont pas venues, il ne faut pas leur en vouloir elles avaient toutes deux la grippe.

Je me rappelle avoir échangé un regard entendu avec Armande et Cyno. Je caressai Timi qui dormait à côté de moi dans mon lit. Il ouvrit ses petits yeux et me regarda. Je me levais et vis sur la table ma superbe couronne posée sur son coussin. Je m'habillais d'une robe beige et je posais ma couronne sur ma tête. Je partis dans le salon royal.

-Bonjour père.

-Voilà ma belle Princesse héritière, comment vous sentez vous ?

-Je me sens si... comblée

Nous nous dirigeâmes ensemble vers la salle à manger, puis nous entamèrent le petit déjeuner. Lorsque nous eûmes fini, je montais voir mes amis. Je toquais à la porte de leur mansarde et Armande m'ouvrit. J'entrai et aussitôt Cyno et Marsan débarquèrent. Marsan s'inclina devant moi, ce qui me fit bien rire et Cyno se contenta de m'embrasser. J'aimais venir ici car il y régnait une ambiance chaleureuse. Nous décidâmes de descendre aux salons. Mon préféré était le salon de Vénus. Les couloirs étaient sombres. Soudain, je vis que le couloir se divisait un deux, et il continuait à droite. J'ai dit à Cyno, Armande et Marsan de continuer sans moi. Je bifurquais à droite. Il faisait très sombre, ça semblait être un cul de sac. Mais à gauche, une petite lumière indiquait faiblement un petit escalier qui descendait. Je pris une grande inspiration pour me donner du courage. Je descendis doucement les marches une à une, en craignant ce que j'allais découvrir en bas. J'arrivais dans l'encadrement d'une porte entrouverte. Une immense pièce, avec un lit. Ce que je vis me figea. Dans un coin de la pièce, la Reine Marie-Thérèse en pleine partie de jambe en l'air avec un homme que je n'avais jamais vu. Je fis un pas en arrière, abasourdie, effarée, je courus, le plus vite possible, à n'en plus pouvoir. J'arrivais enfin dans le salon, essoufflée, encore sous le choc. Dieu merci le roi était seul dans la pièce. Je regardais le Roi droit dans les yeux.

-Père, la Reine vous trompe !

-Comment ?

Il affichait un air tellement surpris. Mais dans le fond de ses yeux, je compris qu'il le savait déjà depuis longtemps.

-Je le jure mon Roi, la Reine Marie-Thérèse vous trompe.

Il sonna pour appeler ses gardes. Je les guidais jusqu'à l'endroit où j'avais surpris les deux amants. Les gardes du Roi entrèrent dans la pièce, saisirent la Reine. Le roi leur donna l'ordre de la conduire au cachot. La reine terrorisée le supplia :

-Oh non ! Louis je t'en prie, je...je ne voulais pas !

-Il   y avait bien longtemps que cela devait arriver !

Sur ces mots, les hommes du Roi l'emmenèrent vers le cachot. Mais Charlotta arriva en trombe.

-Mère, que se passe-t-il ?!

-Votre mère est arrêtée pour adultère !

-Comment ?! Mais... mère ! Mère !!! Comment vais-je faire toute seule ? Comment vais-je tuer Line ?! Comment vais-je récupérer le trône ?!!!

Mon père se retourna brusquement vers moi, littéralement choqué ! Je devinais sans mal qu'il n'était pas vraiment au courant ! Ce que je pensais était donc vrai. Elles voulaient me tuer et prendre le trône. Bon, apparemment ça va être plus compliqué que prévu ! (Vous noterez l'ironie.)

Tous les soldats et les personnes présentent étaient tournées vers le Roi, Charlotta et moi-même et ne voulaient rater aucune miette de ce qui allait se passer.

Le Roi ordonna :

-Arrêtez moi ces deux traites et jetez-les en prison pour toujours !!!

Chapitre 16

Je me réveillais, dans mon grand lit. Je me remémorais tous les éléments de la veille. L'arrestation de Marie-Thérèse, puis de Charlotta, dont la discrétion se passera de commentaires. Maintenant, elles sont toutes les deux derrière les barreaux dans une prison miteuse et ne peuvent plus rien contre moi. Je me levais et fit ma toilette, comme à mon habitude. C'était maintenant ici, mon chez moi, et nulle part ailleurs. Je m'y sentais moi. Et même le manque que je ressentais par rapport à ma famille ne suffisait plus à me décider de retourner au XXIe siècle.

Lorsque j'arrivais dans la salle à manger, je vis mon père, boire une tasse de café noir, dans laquelle il semblait noyer son chagrin. Il me fit tellement de peine que j'enroulais mes bras tout fins autour de son drôle de gros ventre.

-Bonjour papa.

Je sentis qu'il souriait.

-Bonjour ma fille.

Je me détachais de notre étreinte et je m'asseyais à l'autre bout de la table, face à lui. Puis je me décidais à poser la question tant redoutée.

-Comment vous portez vous père ?

-J'ai connue bien mieux mon enfant, dit-il dans un soupir, mais maintenant vous êtes là.

Je lui fis un sourire compatissant. Puis nous mangeâmes en silence.

-Il faut que je vous montre un endroit merveilleux. Déclarais-je avec une pointe de malice.

C'est ainsi que je partis avec Armande, Marsan, Cyno et mon père, à cheval, au lac que j'aimais tant. Nous arrivâmes, et je fis la « visite guidée » au Roi. Il avait les mêmes yeux qu'un enfant émerveillé de cinq ans devant un tel paysage.

-C'est splendide ! S'exclama-t-il.

Cyno sourit devant l'émerveillement du Roi. Il me prit dans ses bras et m'embrassa. C'est là que je compris à quel point je l'aimais et à quel point j'étais attachée à lui. Je restais dans ses bras encore un long moment. Je m'y sentais tellement bien, tellement en sécurité ! Personne d'autre ne pourra me donner un tel sentiment d'extase. J'étais heureuse, purement et simplement. Lorsque je me détachais enfin des bras de Cyno. Mon père me regardait avec un regard si... surpris, heureux à la fois. Je n'avais jamais vu un tel regard. Je lui souris, soulagée qu'il ait enfin compris que les différences sociales ne comptaient pas.

Nous pique-niquâmes sous l'ombre du cerisier en fleurs. J'étais si bien. Je ressentais un tel sentiment de plénitude. Je marchais tout autour du lac en compagnie de mes amis. Mon père avait préféré rester se reposer sous notre arbre. Nous discutions de tout ce qui nous était arrivé depuis que j'avais été envoyée ici. Or, ils ignoraient, et ignorent toujours que je suis en réalité native du XXIe siècle, banale fille des temps modernes. Je me suis bien gardée de leur dire, et cela va rester comme ça car je n'ai aucune envie de tout gâcher !

J'ôtai ma robe et plongeais dans l'eau. Le contact frais sur ma peau me fit un bien fou. Puis Cyno me rejoignit, suivis d'Armande et Marsan. On nageait on faisait des courses, de l'apnée. A un moment Marsan proposa de faire un jeu auquel j'étais très douée : plonger le plus profond dans l'eau. Armande commença la première, elle avait dû descendre à plus de 10 mètre. Puis, Marsan. Il prétendait être descendu à plus de 25 mètres alors qu'en réalité il devait en avoir fait 15. Cyno resta le plus longtemps, et descendit à une vingtaine de mètres. Puis vint mon tour. J'inspirais longuement, bloquais mes poumons et plongeais. Je descendais à mon allure, profitant de la fraîcheur de l'eau. Je descendais dans l'eau de plus en plus noire. Je descendais, encore et encore. Je sentais le volume d'eau de plus en plus oppressant comprimé mon corps. Cela devait faire 5 bonnes minutes que j'étais sous l'eau et j'avais dû descendre à plus de 30 mètres. Mais je voulais faire plus, je voulais repousser mes limites. Mais mes limites étaient dépassées depuis longtemps. Mes doigts effleurèrent ce qui semblait être le sol.

Puis, plus rien.

Chapitre 17

J'ouvre les yeux. Il fait sombre je laisse le temps à mes yeux de s'habituer à la pénombre. Un filet de lumière me laisse apercevoir des amas de livres, des vieux meubles, un tissu mité, un grenier. Un miaulement me fait sursauter. Timi ! Je le serre dans mes bras.

-Non ! Non pas ça ! S'il vous plaît non ! Je ne veux pas retourner ici ! Cyno ?! Armande ?!! Marsan ?!!! Père où êtes-vous ??!

Je me pince comme pour voir si je dors, si je suis en plein cauchemar. Mais non !

-Et bien Timi je crois bien que nous sommes de retour dans ce foutu XXIe siècle !!!

Dans ma main se trouve quelque chose. Je l'ouvre, doucement, et découvre mon diadème. Une larme coule doucement sur ma joue. Pourquoi ? Pourquoi quand je suis enfin heureuse on m'arrache à mon bonheur ? Qu'ai je fais pour mériter d'être séparée de mon unique amour? Je pleure tellement. J'ai mal. Je souffre. Je n'arrive plus à m'arrêter. C'est l'histoire de toute ma vie. Ne jamais s'arrêter et tout gâcher. Timi semble aussi triste et désespéré que moi. Comment faire ? L'angoisse me comprime la poitrine. Pire qu'un bloc de béton. Je n'arrive plus à respirer. Je suffoque. L'angoisse de ne jamais y retourner. L'angoisse de ne jamais les revoir. Au secours... Si je ne peux pas vivre avec eux. Je veux mourir. A quoi bon de toute façon ? La Vie sans bonheur ce n'est pas la Vie. Et je ne veux pas vivre sans mon bonheur. Je ne veux pas vivre sans eux. Je ne veux pas vivre sans lui. Certes il y a ma famille ici. Mais il n'y a que ça. Quand on a connu le meilleur on ne veut pas revenir en arrière. J'ai l'impression de n'être que omniprésente tant ma peine est forte. Au bout d'un certain temps je me résigne à sortir du grenier. Lorsque je pose ma main sur la poignée de la porte je me pose une question :

« -Est ce que tout cela était bien réel ? »

J'entre dans la salle à manger. L'horloge annonce 11h47, exactement l'heure où je suis partie.

-Et bien ! Tu es là ma chérie ! Que faisais tu ça fait un bout de temps que tu es là-dedans ! Tu veux bien m'aider à ranger les courses ? Demande ma mamie.

Je ne l'entends pas bien. Comme si je n'étais pas vraiment là. Je continue mon chemin, tel un funambule. J'ai comme l'impression, que tous mes organes sont au ralenti. Comme si d'une minute à l'autre, j'allai mourir. Comme si ma Vie, ma triste Vie, ne tenait plus qu'à un fil. Je vois flou, ma tête me fait horriblement mal. Je passe dans les pièces, à la recherche d'une chose inexistante : le bonheur. J'arrive sur le grand balcon qui se dégage sur le vide. J'enjambe le mur, comme pour retrouver le monde réel, pour reprendre mes esprits. Je tape avec mes talons contre le béton, et je m'aperçois que ça me défoule. Alors je tape de plus en plus fort, jusqu'à ce que mes talons soient en sang. Je me penche pour regarder le vide. Puis je fixe l'horizon. La mer, la plage, la chaleur écrasante, les vacances, tout ce que je déteste. Alors je retourne dans la chambre, m'enferme. C'est là qu'on voit que je ne suis pas dans mon état normal : d'habitude, je suis claustrophobe. Je me laisse tombée sur le lit froid. Et je ferme les yeux, le diadème dans les mains.

Chapitre 18

Je me réveille dans le noir. Je me précipite sur la lampe dans l'espoir de découvrir ma chambre royale. Mais c'est le lit blanc défait que je vois. Je me laisse retomber sur le lit et j'éteins la lumière. Je ferme les yeux, une larme descend le long de ma joue. Je me rendors presque aussitôt, tellement triste que mon corps est vidé de toute force.

Le jour est levé depuis longtemps, je le sais car ça doit faire 4 heures que je suis éveillée et que je fixe le plafond. Je n'ai envie de rien, ni de boire, ni de manger, ni de parler, ni de vivre. Je réfléchis, je cogite, je remue ma mémoire pour n'oublier aucun détail de ces souvenirs trop beaux, trop forts. Pourquoi suis-je là, à quoi je sers ici ? Pourquoi je vis ? La Vie est remplie de choses magnifiques, féeriques. Mais toutes ces choses ne servent à rien si elles ne sont pas vécues avec les personnes que l'on aime. Ça fait 4 heures et exactement 45 minutes que je m'acharne à me broyer les neurones avec ça. J'ai une peur folle de la Mort, et pourtant, à ce moment-là, elle me paraît être la seule solution à tout cela.

J'ai envie de tout casser, le moindre objet, le moindre meuble, la moindre chose sur mon chemin je veux la briser, la casser dans tous les sens tant ma colère envers moi-même est forte. Mais je n'en ai pas la force. Je suis plus faible que jamais.

Je passe mes journées dans cette chambre, à déprimer, littéralement. Oui c'est exactement ça, je déprime. Ça fait environ une semaine que je déprime. Je bois à peine, je mange quasiment pas.

On toque à la porte de la chambre. Je suis enroulée dans ma couverture.

-C'est mamie ma chérie, sors de là. Tu ne peux pas faire ça à ta cousine, Maud t'attend depuis qu'elle a su que vous alliez venir.

Ma grand-mère n'aurait jamais dû dire cette phrase. Je me lève, me dirige droit vers l'entrée, je tire la porte. Ma grand-mère se trouve devant moi. Je la fixe, les yeux pleins de haine, de rage et de larmes.

-Qu'elle aille se faire voir !!! Sifflais-je entre mes dents, le plus froidement possible. Je claque la porte si fort que les murs tremblèrent.

Je donne un coup dans la porte du placard, je prends le vase sur la table et le lance à terre. Cette fois je vais tout casser. Je donne un coup dans la table en verre, qui se brise. J'envoie valser la lampe dans la fenêtre. Je perds littéralement tout contrôle de moi-même. C'est le coup de grâce. Le coup fatal. Lorsque j'ai cassé à peu près tout ce qui m'entoure, je m'assois sur le sol, regardant autour de moi, contemplant mon œuvre. Je pris conscience de ce que je viens de faire. Mais le pire, c'est que je n'arrive même pas à en avoir quelque chose à faire ou même à m'en inquiéter. Je m'en fous. Complètement.

Chapitre 19

Je me réveille, je suis allongée sur le sol. Je suis entourée de tous les objets et les meubles que j'ai cassés hier. Il fait frais, comme si la fenêtre était ouverte. Ça me revient, je l'ai cassée hier. Oups ! Dommage. Je regarde le soleil se levait, obnubilée par la splendeur de ce ciel embrasé. Le ciel à peine réveillé calme les flammes du soleil levant. Le plus beau levé de soleil depuis une éternité.

Je pousse les objets qui m'entourent, je les mets de côté, juste pour avoir plus de place. Je mets un drap sur la fenêtre cassée. Je prends un balai rangé dans le placard, et je balaie les débris de verre. Je pousse les meubles et les passe par la fenêtre, bref, je fais le ménage. Une fois que j'ai fait du tri, je m'allonge sur mon lit et je regarde par la fenêtre. Je ne ressens plus rien. Plus de colère, plus de tristesse, plus de souffrance. Rien. C'est pire que tout.

Soudain, je vois un papier passé sous la porte. Je le saisis entre mes doigts amaigris et lis :

« On y va. »

Ça y est. On part d'ici, enfin. Mais ce qui m'attend chez moi ne me réjouit pas plus que de rester ici. Je vais faire ma rentrée dans ce nouvel établissement et je n'en ai aucune envie.

Je me réveille à l'aube. Je m'habille dans ma chambre. Puis j'ouvre la porte, je vais dans la salle de bains et je me fais une toilette. Je pars dans la cuisine, je bois un peu et je mange un bout de pain. Curieusement je ne croise personne, ils doivent être dehors, en train de charger la voiture. Je sors. Ils sont là. Nos regards se croisent. Je m'avance droit vers la voiture et ouvre précipitamment la portière, sans bruit. Je prends Timi dans mes bras avant de m'installer sur le siège.

Je patiente environ dix minutes avant qu'ils montent à leur tour.

Dans la voiture règne un silence assourdissant. Alors, pour tuer le temps j'observe les paysages que défilent. Ça me rappelle, six mois plus tôt, sur le trajet pour venir chez mes grands-parents, quand je regardais les paysages, avant que je connaisse qui j'étais vraiment, avant que je sois expédiée au XVIe siècle. Avant que je connaisse Cyno, avant que je connaisse l'Amour.

Quatre heures de route plus tard, nous arrivons enfin à destination. Je sors de la voiture, je m'étire. Je sors Timi et rentre dans ma maison. Je monte vite les escaliers et cours m'enfermer dans ma chambre comme si, si je restais, je mourrais dans les secondes qui suivent. Je ferme ma porte à clé et je m'assoie sur le rebord de fenêtre. Je regarde dehors. Cette vision m'est familière et en même temps parfaitement inconnue. Comme si je la redécouvrais. La nuit tombe et moi je m'écroule sur mon lit. Je m'enroule dans ma couette. Je fais un tas d'oreiller et je m'endors.

Chapitre 20

Lorsque je me réveille, il doit être 11 heures et quelques. Je suis éveillée mais je reste dans mon lit car je n'ai strictement rien à faire. Mais soudain on toque à ma porte et je m'oblige à aller ouvrir. Ma mère se tient devant moi, le corps faible, le visage remplit de cernes bleus et les yeux brillants. Il n'y a pas que moi qui ne dors pas. Elle s'assoit sur le bord de mon lit, comme au bord d'un précipite. Elle me regarde, ou plutôt me fixe droit dans les yeux. Les siens sont marrons très foncés, son regard est chaleureux et inquiet.

-Que se passe-t-il ?

Sa question me fait l'effet d'un poignard que l'on me plante dans l'abdomen. Tout simplement parce que je n'en sais rien.

-Si je te le disais, tu ne me croirais pas.

-Essaye quand même.

Alors je lui raconte tout. De A à Z. Du début à la fin. De long en large. Tout. Et je m'aperçois que je n'ai rien oublié de tout ça. Rien. Et ça me fais le plus grand bien. Ça me fait tellement de bien de savoir que, quelque part, ils sont toujours là.

Lorsque j'ai fini de tout lui raconter, j'observe sa moindre réaction, le moindre signe.

-Tout ça paraît si réel.

Elle marque une pause.

-Je ne suis pas assez renseignée sur le sujet pour me permettre de juger si tout cela s'est réellement passé, ou non. Mais ce que je sais c'est que tout ce que tu m'as décrit est bien trop réel pour n'être qu'un simple rêve. Les humains sont incapables de juger cela. Peut-être que c'est vrai, tu as vraiment atterri dans un monde parallèle. Ou peut-être que ce n'était qu'une rêverie.

Elle me fixe à nouveau.

-Que comptes-tu faire maintenant ?

Une larme coule le long de ma joue creusée.

-Je n'en sais rien.

Ma mère me prend dans ses bras et j'ai l'impression de renaître. Nous restons comme ça un long moment. Puis je me détache d'elle.

-Tu ne veux pas revenir manger avec nous ? Propose-t-elle.

-Non, pas maintenant, pas tout de suite, je ne suis pas prête.

-Ce n'est pas grave. Ne t'inquiète pas, ça va aller.

Sur ces mots elle se lève et part. Je reste là, debout, au milieu de la pièce, regardant la porte, perdue dans mes pensées, prisonnière de ma mémoire.

Chapitre 21

Deux longues semaines sont passées depuis que j'ai parlé avec ma mère. Elle m'a emmené chez le psy, mais cela n'a rien changé car lui aussi ne pouvait rien faire. Ça fait seulement quatre jours que je remange normalement, à table, avec ma famille.

Mais bien sûr quelque chose a changé, quelque chose s'est brisé, et cette chose, c'est moi.

Dans deux jours c'est la rentrée. Je n'ai aucun stress par rapport à cela. Pour une fois, je n'en ai rien à faire. Ça ne changera pas ma Vie. J'admire le coucher de soleil en rêvant du bon temps d'avant. Ma mère passe de temps à autre devant ma porte. Elle me demande si ça va, si j'ai besoin de quelque chose. J'ai toujours envie de lui répondre que oui, j'ai besoin de quelque chose : Cyno. Mais je le garde pour moi car elle et moi le savons déjà.

Vu que je n'ai rien à faire, je passe mes journées devant la télé. Je regarde des émissions de télé-réalité, des séries, ou alors je revois encore et encore les classiques du cinéma. Enroulée dans une couverture malgré la chaleur écrasante qu'il fait dehors. J'ai Timi dans mes bras et je le caresse tandis qu'il ronronne. J'ai hâte que l'hiver arrive, je déteste cette chaleur étouffante. Je suis bien installée là, dans ma chambre, devant la télé dans mon lit. Bon, j'avoue que je m'ennuie à mourir mais au moins je suis bien.

Chapitre 22

Mon réveil sonne. Ça y est, c'est aujourd'hui. Je me lève, mets mon pull et descends les escaliers. Je dis bonjour à mon père et ma mère et je m'assoie. Je bois une tasse de cappuccino et un verre de jus d'orange. Lorsque j'ai fini je remonte m'habiller. J'enfile un jean slim taille haute noir, je mets un t-shirt blanc, tout simple à manches courtes. Je relève mes cheveux en un chignon lâche. Je mets un peu de fard à paupière marron et du mascara. J'attache autour de mon poignet tout fin la montre en or de mon père. Je vérifie ma silhouette dans le miroir, je prends mon sac et je descends. Je mets mes Super Star grises et blanche et enfile mon Bomber. Je vérifie à nouveau ma tenue. Puis, je sors et ferme la porte. J'inspire une longue bouffée d'air. Ça y est, c'est partit, je ne peux plus revenir en arrière.

Chapitre 23

Je monte dans le bus, tout le monde m'observe. Je m'assoie à une place libre et pose mon Eastpack noir à côté de moi. Je mets mes écouteurs et regarde par la vitre. Je monte le son de mon Iphone pour ne plus entendre les gens parler. Le stress commence à monter malgré moi lorsque je vois toutes ces personnes qui semblent se connaître depuis toujours. Je ne peux m'empêcher de me poser un milliard de questions. Soudain j'entends une musique familière résonnée dans mes tympans. Millions Eyes. La musique a toujours eu beaucoup d'effets sur moi. Et là, elle me fait tout oublier. Elle me fait oublier qu'aujourd'hui je vais rencontrer les personnes avec qui je vais partager un an de ma Vie. Et elle me fait oublier que Cyno ne fera plus jamais partie de ma Vie.

Une vingtaine de minutes plus tard, le bus s'arrête, les portes s'ouvrent sur le parking du lycée. Les personnes descendent une à une. Je suis dans les dernières à descendre. Je suis la foule qui se dirige vers un grand bâtiment gris en béton, très haut. Je regarde cette chose qui s'élève aussi haut devant moi. Les élèves montent tous un grand escalier qui semble mener aux salles de classe. Alors je les suis. En haut il y a une file d'attente énorme, plein d'élèves sont triés par classe. Cinq minutes après, j'arrive au bout.

-Bonjour mademoiselle, quelle classe avez-vous ?

-2e7

-Alors, vous montez tout en haut, vous avez un long couloir, vous tournez à droite, dernière porte à gauche.

-D'accord, merci.

Je monte les marches lentement, comme pour assurer chaque pas, je vacille. Dans le couloir j'ai l'impression que les murs se referment sur moi. J'arrive enfin au bout du couloir. Je pose ma main sur la poignée. J'hésite. J'ai peur. Entrer ? Ou s'enfuir de ce monde où je n'ai pas ma place ? J'entre.

A cet instant, je sais que ma Vie est la plus belle que l'on puisse imaginer. Je ne sais si tout cela est réel, et je m'en fous. Ce qui compte c'est ce qui est devant moi. Armande, Marsan et Cyno, là, ici, maintenant, devant moi, au fond de la classe. Comment y croire ? J'y crois. Certainement parce que Cyno me fixe de ses yeux si bleus, si émeraudes, si beaux. Il me sourit.

-Je t'aime. Dis-je dans un souffle, à peine audible.

Je vais Vivre, heureuse, juste une fois...

Fin

Remerciements

Merci à ma mère et mon père qui m'ont toujours soutenue, merci à mon

Juste une fois...

frère de bien faire son rôle de grand frère,
merci à mon professeur d'histoire-géo
d'avoir continué une année de plus
l'atelier d'écriture et merci de m'avoir
encouragé et aider dans ce projet, merci à
Mme Cartron pour sa relecture, merci à
ma professeure de français de m'avoir
donné son avis et de m'avoir dit que j'avais
un talent pour l'écriture. Et merci à Arthur
de m'avoir inspiré et fais vivre tous ces
sentiments nouveaux que j'ai réussie à
mettre sur papier, merci de m'avoir aimé,
et de m'aimer encore, *per sempre...*

© 2017, Lorine
Edition : Books on Demand,
12 / 14 rond point des champs Elysées, 75008 Paris
Impression : BoD - Books on Demand Norderstedt, Allemagne
ISBN : 9782322157464
Dépôt légal : mai 2017